Claudia Schwarzäugl

Schlaflos in Berlin

Gedichte von der Liebe

FRIELING

Die Schreibweise entspricht den Regeln der neuen Rechtschreibung

Bibliografische Information Der Deutschen Bibliothek
Die Deutsche Bibliothek verzeichnet diese Publikation in der Deutschen Nationalbibliografie; detaillierte bibliografische Daten sind im Internet über http://dnb.ddb.de abrufbar

Hünefeldzeile 18, D–12247 Berlin-Steglitz
Telefon: (0 30) 76 69 99-0
www.frieling.de

ISBN 3-8280-2074-7
1. Auflage 2004
Satz/Layout: Antje Vorndran
Fotos: Alexandra Kotlebova
Umschlaggestaltung: Michael Reichmuth

Printed in Germany

Für Andreas

Zeit, in der man liebt, ist niemals verschenkt.

Thank you Kira,
for your encouragement to write!

Danke an all meine lieben Freundinnen und
Freunde und an meine Familie für Eure
Unterstützung, Zuneigung, Freundschaft und
Aufmunterung, und dafür, dass ihr mir
geholfen habt, dieses Buch zu finanzieren!
Es ist unheimlich schön, zu wissen,
dass ich mich auf Euch alle verlassen kann!

Grazie Signore, grazie!

Gewinn-Verlust-Rechnung

Und wenn das Einzige,
was dabei herauskommt,
die Tatsache ist,
dass ich endlich weiß,
dass ich Gedichte schreiben will,
dann hat sich der ganze
Herzschmerz
doch schon mehr als gelohnt!?

4. August

Manchmal

Manchmal,
aber wirklich nur manchmal,
frage ich mich,
ob es sich eigentlich lohnt,
konsequent auf die wirklich tiefen
Gefühle zu warten,
und dafür auf manch Oberflächliches
zu verzichten,
und dann schickt mir der Himmel
ganz unverhofft
einen dieser Glücksmomente,
der meinen gesamten Körper durchströmt,
dass mir ganz Angst wird,
und dann schäme ich mich ein bisschen,
daran gezweifelt zu haben,
und ich weiß, dass diese Momente
die Durststrecken aufwiegen,
zumindest bis zum nächsten
Manchmal!

4. August

Erwischt

Du sagst,
nur wenn es dich wirklich erwischt,
würdest du unentwegt an eine Frau denken,
aber das wäre ja schon lange
nicht mehr passiert!
Ich spüre das Messer in meinem Herzen -
denn ich denke unentwegt an Dich,
und ich merke,
du bist dir nicht einmal bewusst darüber,
was Du gerade zu mir gesagt hast.
Erwischt!

4. August

Was ist schon IMMER?

Nein,
ich denke nicht immer an dich,
nein, wirklich nicht,
nicht den ganzen Tag,
nur jede Stunde - ein paar mal vielleicht,
und nur ganz kurz,
und nicht die ganze Nacht,
allerhöchstens vor dem Einschlafen,
und in meinen Träumen,
und beim Aufwachen,
aber das ist doch wirklich nicht
IMMER!?

4. August

Nacht am See

Funkelnde Sterne,
plätschernde Wellen,
im flackernden Kerzenlicht
deine weiche Haut an meiner,
deine Lippen auf den meinen,
kann nicht genug bekommen von deinen
Küssen,
du tauchst ab -
dein Gesicht vergraben zwischen meinen
Schenkeln
und für einen Moment lang habe ich das
Gefühl
dass mir nichts und niemand mehr
etwas anhaben kann!

4. August

Fallen in love

Hineingefallen
in die Liebe

oder

doch wieder nur
Hereingefallen?

4. August

Kisses for me

Küsse - kisses
baci - besos
am Ende ist es egal,
wie ich sie nenne,
denn sie fehlen mir,
so oder so,
auf meinen Lippen,
auf meiner Haut,
den Hals entlang,
zwischen meinen Brüsten,
Deine weichen Lippen,
Dein Atem an meinem,
und die bange Frage
ob sie Dir genauso fehlen
wie mir?

5. August

Basta!

Jetzt reicht es,
so läuft das nicht,
das sag ich Dir,
da mach ich nicht mit,
das lasse ich mir nicht bieten,
und das werde
ich Dir auch so sagen!
Genau so!
Ganz bestimmt!
Morgen, oder übermorgen,
und vielleicht ist bis dahin
mein Zorn
über Dein Schweigen
schon längst verflogen!?

6. August

Küsserkönig

Endlich wieder mal ein Mann,
der küssen kann,
stundenlang,
ohne dabei etwas zu fordern,
einfach so,
meine Lippen,
meinen Hals,
meinen ganzen Körper,
unermüdlich.
Doch was mach ich mit einem Mann,
der so super küssen kann,
der aber nie
Zeit hat für mich?

6. August

Männliche Logik

Du schreibst,
Du hättest keine Zeit,
mich anzurufen,
Du hättest so viel um die Ohren,
und ich sollte nicht böse darüber sein.
Böse bin ich nicht,
nur wahnsinnig enttäuscht.
Und ich frage mich,
ob ein Telefonat länger dauert
als das Schreiben Deiner Zeilen?

6. August

Ohne Titel

Seit Tagen
sehne ich mich nach Deiner Stimme,
Dein Gesicht,
hab ich schon verloren,
Dein Geruch
noch in meinen Kissen,
Dein Handtuch
hängt noch im Bad
ob es auch darauf wartet,
Dich umarmen zu dürfen,
so wie ich?

7. August

Traumwelt

Erst war ich einfach nur traurig
und enttäuscht,
dann kam die Wut,
die mittlerweile
von meinem Unverständnis
eingeholt wurde,
Ratlosigkeit macht sich breit,
dazwischen keimt ein bisschen
Hoffnung,
ganz zart,
sie nährt sich nachts
von meinen Träumen,
und diese Hoffnung
ist so schön,
dass ich gar nicht mehr
aufwachen mag!

8. August

Wunschtraum

Einen Wunsch hab' ich frei?
Ich wünschte mir,
Du könntest Dich ganz fallen lassen,
alles um Dich herum vergessen,
Dich ganz mir hingeben.
Unsere Körper und Seelen werden eins,
unser Atem im Gleichklang,
Deine Schweißperlen vermischen sich
mit den meinen
um uns herum bleibt die Welt stehen
....
Träumen wird man doch wohl
noch dürfen!?

10. August

Die Zeit heilt alle Wunden?

Habe mir den Daumen verbrannt,
vor ein paar Wochen,
in der Zwischenzeit
ist die Haut nachgewachsen,
noch ganz zartrosa,
aber es tut nicht mehr weh.
Habe mir mein Herz verbrannt,
etwa zur gleichen Zeit,
warum ist dort
noch keine Haut nachgewachsen,
und tut es immer noch
so höllisch weh
wenn ich an Dich denke?

11. August

Sehn-Sucht

Ich habe solche Sehnsucht,
nach Dir,
nach Deiner Stimme,
die mir zärtliche Worte ins Ohr flüstert,
nach Deinen Lippen,
die mich liebevoll küssen,
nach Deinen Händen,
die mich liebkosen,
und ich weiß,
dass mich diese Sehnsucht
auffressen wird,
wenn ich nicht bald
ein Lebenszeichen von Dir bekomme!

11. August

Falsche Erwartung

Waren das noch Zeiten,
als mein Telefon klingelte,
und ich neugierig war,
wer mich wohl anrufen würde.
Jetzt
schaue ich erwartungsvoll
auf das Display –
ob dort Dein Name zu sehen ist,
und ich bin enttäuscht,
wenn es wieder nicht Du bist.
Und dann schäme ich mich,
denn diese meine Enttäuschung
über Deinen ausbleibenden Anruf
haben all die anderen
wirklich nicht verdient!

13. August

Trotzdem

„Es ist was es ist“
Das wusste schon Erich Fried!

So herzzerreißend-
so schmerzhaft-
so aussichtslos-
so tränenreich-
so unerfüllt-
so alles in Frage stellend.

Und trotzdem
was wären wir ohne sie
DIE LIEBE?

13. August

Sternwert

Ich starre auf den Sternenhimmel,
keine Wolke zu sehen,
und warte auf eine Sternschnuppe –
habe den Wunsch schon fest im Kopf.
Aber
soll ich wirklich hoffen,
dass ein Stern verglüht
für diesen Wunsch?
Ich fürchte,
er ist den Stern gar nicht wert!

13. August

Hugs and Kisses

Es ist schon erstaunlich
wie ich aus
zwei Worten
von Dir
so viel
Positives ziehen kann,
und dabei die
vielen nicht gesagten
Worte
die mir seit Tagen fehlen,
schon vergessen habe!

15. August

Dem Himmel sei dank!

Da sitz ich nun,
alleine,
mit meinen Gefühlen!
All die Liebe,
die ich Dir geben will,
platzt aus meinen Poren,
und ich weiß nicht
wohin damit,
und ich denke an Dich,
für den diese Gefühle bestimmt sind,
und der damit
nichts anfangen kann –
und
ich danke dem Himmel,
dass ich in meiner
und nicht in Deiner
Haut stecke!

15. August

Schade

In dieser hektischen
schnelllebigen Welt
passiert es selten genug,
dass sich zwei Menschen treffen,
die sich soviel zu sagen haben,
die es so genießen können,
Hand in Hand
Haut an Haut
im Sand unter den Sternen zu liegen.

Schade nur,
dass es Dir
offensichtlich
nicht wichtig genug ist!

15. August

Warum?

Warum nur
falle ich immer wieder auf Euch herein?
Müsste doch mittlerweile
begriffen haben,
was Ihr mit Euren süßen Worten
erreichen wollt!
Und jedes mal wieder
öffne ich mich ganz und gar,
mache mich verwundbar
und bekomme heftig
einen vor den Bug geknallt.
ABER
auch Enttäuschungen und Schmerz
sind starke Gefühle
die ich in meinem Leben
um nichts in der Welt
missen möchte!

Darum!

15. August

Sichtweise

Nach und nach
zu der Einsicht gelangen,
dass ich Deine Gefühle für mich
nicht erzwingen kann!

Nach und nach
an die Aussicht glauben,
dass es noch genug Gelegenheiten
für große Gefühle
in meinem Leben geben wird!

15. August

Du

Du
um Dich
dreht sich
mein ganzes Tun
und mein Nichtstun
mein Denken
und mein Nichtdenken
mein Träumen
und mein Wachen
einfach alles
Du

17. August

Schenk mir Deine Nächte

Ich dachte
wenn Du mir Deine Tage
nicht schenken kannst,
dann vielleicht
Deine Nächte!
Dich nachts -
nicht nur in meinen Träume -
neben mir liegen zu haben,
würde mich glücklich machen -
für's Erste.

17. August

Verrückt

Jetzt schicke ich Dir schon
täglich
elektronische Grußkarten,
und
ich freue mich dann
über die Rückmeldung
wenn Du die Grußkarte
abgeholt hast,
und ich versuche zu verdrängen,
dass diese Rückmail
gar nicht wirklich von Dir kommt,
und wenn ich richtig drüber nachdenke,
habe ich das Gefühl
ich bin schon verrückt

verrückt nach Dir!

18. August

Suchtfall

Die Augen schließen
und an Dich denken,
Deine Hände auf meinem Körper spüren,
wie sie ihn entlang fahren,
ganz zart,
auf Entdeckungsreise,
wie sie
ab und zu
verweilen,
um dann doch neugierig
weiter zu wandern,
ich kann Dich spüren,
in jeder Pore meines Körpers,
ich glaube
danach könnte ich ganz leicht
süchtig werden -
wenn ich es nicht schon bin!?

19. August

Aber

Du hast gesagt,
wenn du einem Blinden
einen perfekten Frauenkörper
beschreiben solltest,
würdest Du ihm
meinen Namen nennen.
Was für ein Kompliment-
Danke!
Aber:
ich würde ihn gar nicht anfassen lassen,
solange ich Deine
wunderbaren Hände
auf ihm spüren darf!

19. August

Toller Vorschlag
(Gegengedicht zu Schenk mir die Nächte)

Ich bat Dich um Deine Nächte
weil Du tagsüber keine Zeit hast,
wenn Du allerdings nach so einer Nacht
zu zweit
auch so müde bist wie ich,
dann wirst Du tagsüber
auch in Zukunft keine Zeit haben
weil Du die versäumten
Stunden Schlaf
nachholen musst!

19. August

Alles relativ

Zehn Monate
um mich daran zu gewöhnen
alleine ins Bett zu gehen
und
nur zwei Nächte
um mich daran zu gewöhnen
jeden Morgen
neben Dir aufwachen zu wollen!

19. August

Aufgabe

Das ist die Aufgabe,
die es zu lösen gilt:
Die Sehnsucht aufeinander
immer so groß zu halten,
dass sich der Alltag
nicht einschleicht,
man aber nicht von ihr
aufgefressen wird!

19. August

Wunsch

Du sagt
Du weißt nicht
was Du mir schenken sollst
Du hättest nicht so kreative Ideen
wie ich!
Ich hätte
wahnsinnig gerne
das kostbarste
was es gibt
und von dem Du so wenig hast -
Deine Zeit!

20. August

Schlaflos in Berlin

Wenn Du
neben mir liegst,
kann ich nicht schlafen,
vor Freude darüber,
dass Du bei mir bist
und weil ich Dich immerzu
anschauen möchte.
Wenn Du
nicht neben mir liegst,
kann ich nicht schlafen,
weil Du mir so fehlst,
und ich schließe die Augen ganz fest
und versuche mir vorzustellen
Du wärst hier, bei mir!
Mann, bin ich müde!!

21. August

Herz in Flammen

Du brennst nicht für mich,
das weiß ich jetzt,
ich spüre aber
ein bisschen Glut,
und die Frage ist,
ob ich genug Atem haben werde,
diese Glut zum Lodern zu bringen.

22. August

Anglerglück

In meinem
Teich
schwimmst Du schon,
aber
ob ich Dich
an meine Angel
kriegen werde?

23. August

Herzschmerz

Herzschmerz
tut verdammt weh,
und es gibt keine
Pillen dagegen,
doch er lässt Dich wissen,
dass Dein Herz
zu Gefühlen fähig ist,
warum also nicht auch
zur Liebe?

23. August

Risiko

Verletzt bist Du geworden,
vor ein paar Jahren,
tief im Herzen,
und deshalb
hast Du Angst
Dich zu öffnen,
willst Dein Herz schützen,
vor neuen Schmerzen,
und vergisst dabei,
dass Du es so auch
vor der Liebe verschließt!

23. August

Wahrscheinlichkeitstheorie

Wer sagt Dir,
dass auch ich
Dich verletzen werde?

Die Wahrscheinlichkeit
eines Verkehrsunfalls
ist viel größer,
und trotzdem fährst Du
täglich mit dem Auto!

23. August

Vom Aushalten

Ich frage mich
wie lange ich das noch aushalte,
mich von meinen Träumen
zu nähren!
Eines Tages werde ich aufwachen
und wissen,
dass Du mir in meinem Träumen
nicht genügst,
und ich fürchte
dieser Tag kommt schneller,
als es mir lieb ist!

23. August

Glück nach Dalai Lama

„Bedenke,
nicht zu bekommen,
was man will,
ist manchmal
ein großer Glücksfall“
sagt der Dalai Lama!
Nach dieser Theorie
müsste ich überglücklich sein,
oder
habe ich das
„Manchmal“
außer Acht gelassen?

24. August

Gedankenspiel

Ich denke an Dich,
und je mehr ich krampfhaft versuche
Dich aus meinem Kopf zu bekommen,
umso mehr gräbst Du Dich in meine Gedanken,
saugst Dich fest an meinen Gehirnwindungen,
okkupierst mein ganzes Hirn
und ich bekomme Angst
was von ihm übrig bleibt,
wenn es Dich nicht mehr geben wird!

29. August

Prinzip Hoffnung

Diese Nacht
in der Du uns alle Hoffnung
genommen hast,
war doch so wahnsinnig
liebevoll und zärtlich,
dass ich weiß,
dass es
irgendeine Hoffnung
in diesem Leben
immer geben wird!

30. August

Heilfroh

Wie kann das nur so weh tun,
etwas zu verlieren,
was man gar nicht
besessen hat?
o.k., es gab berechtigte Hoffnung,
dass Dein Herz einmal
mir gehören könnte -
diese Hoffnung hast Du mir
heute Nacht genommen,
und ich bin heilfroh,
dass sie gestorben ist,
bevor Du mir
Dein Herz geschenkt hast!

30. August

Gründe

Jetzt versuche ich
mir all die Gründe einzureden,
die mich an Dir gestört haben,
die ich mir erspart habe,
jetzt - ohne Dich -
aber
je länger ich nachdenke
desto weniger fallen mir ein!

30. August

Sofaküsse

Du fragst mich,
ob es denn richtig sei,
knutschend mit mir auf dem
Sofa zu liegen,
obwohl Dein Herz nicht für mich brennt!
Wer weiß schon,
was richtig und falsch ist,
ich kann nur sagen,
dass ich - trotz allem -
Deine Sofaküsse nicht missen möchte!

30. August

Illusion

Die Teller von gestern
muss ich noch waschen,
und einkaufen gehen,
die Katze füttern,
und die Balkonpflanzen gießen!
Aber solange ich
die letzte Wärme von Dir
noch unter der Decke spüren kann,
werde ich einfach liegen bleiben,
und davon träumen,
dass es nicht nur Deine Wärme ist
sondern dass Du es selbst bist,
der unter meiner Decke liegt!

30. August

Wenn auch nicht

Das Schönste daran ist doch,
trotz des Herzschmerzes,
dass wir beide wissen,
dass wir uns gegenseitig
einen Schritt vorangebracht haben -

wenn auch nicht
in die gleiche Richtung!

30. August

Gegengedicht zu Gewinn-Verlust-Rechnung

Knapp
einen Monat später
steht der Herzschmerz
endgültig
all den Gedichten gegenüber,

und doch

wird mir ganz warm ums Herz,
wenn ich an all die anderen
schönen Dinge denke,
die auf der
Gewinnseite
stehen geblieben sind!

30. August

Richtungswechsel

An der ersten Weiche
haben wir uns gegen
eine platonische Freundschaft entschieden,
sind uns auch
körperlich sehr nahe gekommen -
jetzt
an der zweiten Weiche
stehen die Zeichen
auf Trennung
und
ich wünschte mir
wir hätten bei der ersten
die andere Richtung
gewählt!

16. September

Sunflowers

Du hast mir ein Meer
von Sonnenblumen geschenkt,
weil das meine Lieblingsblumen sind,
und dazu
eine dicke, große, rote Rose -
und jetzt bist Du verwundert,
dass ich das als Liebeserklärung
aufgefasst habe!
Da hast Du wohl die Bedeutung
von Blumen unterschätzt -
oder
doch ich überschätzt?

16. September

Gut so!

Du sagst
Du seist unzähmbar
ein richtiger Löwe halt
und das wäre auch gut so.
Vor einiger Zeit
hätte mich das traurig gemacht
und ich bin fast verwundert
wie gleichgültig mich das lässt,
und ich komme zu dem Ergebnis,
dass ich gar keine Lust mehr habe,
Dich zu zähmen -
und das ist auch gut so!

16. September

Mini-Auto / Maxi-Wirkung!

Ist mir vorher gar nie aufgefallen,
wie viele schwarze Minis
in Berlin unterwegs sind.
Jetzt springt mein Herz
jedes Mal wenn ich einen sehe,
denn es könntest ja du darin sitzen.
Wie viele Enttäuschungen
ich so
tagtäglich erleben muss.
Na ja,
die türkisen Fiats und
die schwarzen Audis
machen mir in der Zwischenzeit
ja auch nichts mehr aus!

23. September

Primo Passo

Ist schon komisch
wie oft ich Menschen wie Dir
hinterher renne,
die sich gar nicht auf mich
einlassen möchten,
die meine Liebe gar nicht wollten,
während ich die,
deren Liebe ich mir sicher sein kann,
für viel zu selbstverständlich nehme.
Vielleicht ist es ein erster Schritt,
das zu wissen?
Und - vielleicht - ein zweiter
es heute Abend zu schaffen,
Dich nicht anzurufen?

28. September

Men are from Mars...

Erst sagst Du mir,
dass Du mir Dein Herz
nicht schenken könntest,
dann
überhäufst Du mich mit Blumen,
knutschst mich im Flur nieder
und gehst.
Dann
2 Wochen Funkstille,
und jetzt mailst du mir,
es würden sich bei Dir
Gefühle und Gedanken manifestieren,
und das wäre gut so -

sag, muss ich das verstehen?

4. Oktober

Mein Gott

Mein Gott,
wie musst Du Deine Bedürfnisse
zurückgeschraubt haben!!
Mein Körper
hat solch eine Lust
auf Dich
auf Deine Haut
auf Deinen Schweiß
auf Deinen Atem
auf Deine Hände
dass ich gar nicht weiß,
wie ich ihn im Zaum halten soll,
während Du das alles haben könntest,
und offensichtlich ganz einfach
darauf verzichten kannst.
Mein Gott! - oder wie heißt sie??

4. Oktober

Nicht ganz

Wo nehm' ich
nur all
die Hoffnung her?
Du machst mir keine!
Und trotzdem
hab' ich sie
noch nicht verloren.
Jedenfalls nicht ganz!

5. Oktober

Leere

Hab' Dir heute
Deine Zahnbürste
zurückgeschickt.

Wer sich wohl jetzt
leerer fühlt?

Ich
oder
das Zahnputzglas in
meinem Bad?

9. Oktober

Ich weiß, dass Du nicht weißt

Ich weiß,
Du denkst an mich,
Ich weiß,
Du würdest uns noch gerne
eine Chance geben,
Ich weiß,
auch Du hast gespürt
dass zwischen uns
etwas Besonderes besteht.

Und
Ich weiß,
dass Du nicht weißt,
ob es bei mir noch
genauso ist!

27. Oktober

So ein Tag wie heute

Heute ist wieder so ein Tag,
an dem ich meinen Gedanken erlaube,
von Dir zu träumen.
Lange hab' ich Dich
nicht gesehen,
nicht gesprochen,
nicht gerochen,
nicht gespürt.
Und doch bist Du mir
in meinen Träumen so nah-
und solange das so ist,
werde ich dich wohl nicht
ganz vergessen können!

9. November

….?

Mein Verstand sagt mir:
Vergiss ihn einfach!
Mein Herz sagt mir:
Das kann ich nicht,
er sitzt zu tief!

Meine Erfahrung sagt mir:
Du kannst alles, was Du willst!

….?

9. November

Tagesordnung

Festhalten
am alten Glück,
das schon lange keines mehr ist?
Loslassen
das, was man nicht
mehr halten kann!
Freihalten
die Hände
für neue Gelegenheiten!
Öffnen
das Herz
für eine neue Liebe!

13. November

Ob

Ob Du auch
an mich denkst?
Ob Du mich auch
gerne sehen möchtest?
Ob Du mich auch
gerne fest in die Arme nehmen möchtest?
Ob Du mich auch
nicht vergessen kannst?

Fragen über Fragen
und die wichtigste von allen:
Ob ich darauf jemals
eine Antwort bekommen werde?

17. November

Vorher - Nachher

Vorher
dachte ich mir
wenn ich Dich nur einmal
sehen dürfte
würde es mir besser gehen -
Dich nur einmal
festhalten
riechen
küssen dürfen.
Jetzt - nachher
weiß ich,
dass mir nur einmal
nicht reichen wird!

8. Dezember

Du kannst mich mal!

Ich will
Aber Du sagst, Du kannst nicht!

Pass bloß auf
dass wenn
Du
endlich kannst
ich
überhaupt noch will!

23. Dezember

Irgendwann

Du sagst
zwischen meinen Brüsten
wolltest Du sterben
- irgendwann!
Na, dann hoffe ich,
dass Du meine Brüste
immer noch so liebst
wenn Du dann sterben willst
- irgendwann!

18. Januar

Licht ins Dunkel

Wie viele Blicke
auf das Licht im Flur
vergehen mussten

anfangs erwartungsvoll
am Ende hoffnungslos

und wie schnell
auf einmal alles
vergessen ist

jetzt, wo Du lächelnd
vor meiner Türe stehst!

18. Januar

Schon längst

Deine Küsse
brennen noch
auf meinen Lippen
Deine Hände
spür' ich noch
auf meiner Haut
deine Worte
hör ich noch
in meinen Ohren
auch wenn
deine Schritte
schon längst verhallt sind!

18. Januar

Schlussfolgerung

Du meinst
nur weil Du mir
keine Hoffnungen
gemacht hast,
brauchst Du jetzt
kein schlechtes Gewissen zu haben?

Dabei lässt Du außer Acht,
dass Du sie mir
auch niemals
ganz genommen hast!

28. Januar

Inhalt